Thank You

어렵고 힘들 때마다
따뜻한 위로와 격려를 보내주셔서
감사합니다.

좋은 날에도
함께 기뻐하고 축하해 주셔서
감사합니다.

365일
변함없는 관심과 성원에 감사합니다.
감사의 마음
소중히 간직하겠습니다.

행복하세요!

_____ 드림

감사예찬

감사 예찬

감사는 일상이다.
아침에 가뿐하게 눈이 떠졌다면 감사한 일이다.
상쾌한 기분으로 하루를 시작했다면 감사한 일이다.
오늘도 소박하게 아침을 먹고
어제처럼 번잡한 출근길에 합류했다면
이 또한 감사한 일이다.

선물처럼 주어진 오늘 하루를
어제처럼, 그렇고 그런 일상으로 채워갈지라도
오늘은 분명
어제와는 다른 새로운 날이기에
감사하고 또 감사할 일이다.

저녁이면 돌아갈 집이 있고
반갑게 맞아주는 가족이 있기에 감사하다.
가족과 함께 따뜻한 저녁 식사를 하고
시시콜콜한 이야기를 나눌 수 있어서 감사하다.

그렇게 하루를 마감하고
편안하게 잠자리에 들 수 있어서 감사하다.
그리고 다시 시작될
내일을 기대할 수 있음에 감사하다.

모든 일상이 감사이고 모든 시간이 축복이다.

작은 감사가 모여서 큰 감사를 이루고
사소한 시간, 시시한 일상이 쌓이고 쌓여서
오늘 하루를 완성하고 새로운 내일을 만들어 간다.

지금 이 순간 살아 있음에 감사하다.

오늘하루 감사한 일

미국 캘리포니아 대학의 맥클러 박사는

동료 학자들과 함께 재미있는 실험을 시도했다.

300명의 학생을 선발해서 그룹 당 100명씩

세 그룹으로 나눈 후, 각기 다른 미션을 제시했다.

1그룹 : 오늘 하루 일어난 일을 모두 적을 것.

2그룹 : 오늘 하루 기분 나빴던 일을 적을 것.

3그룹 : 오늘 하루 감사했던 일을 적을 것.

실험은 3주 동안 실시 되었다.

3주 후, 놀라운 결과가 나타났다.

특히 2그룹과 3그룹의 변화가 컸다.

2그룹은 친구들과 다투는 일이 많아졌고,

이성 친구와 헤어지는 일도 발생했다.

배탈이나 두통으로 결석하는 일도 발생했다.
반면 3그룹 학생들은 3주 내내
행복한 기분이었다고 대답했다.
스트레스도 받지 않았고 표정도 밝아졌다고 했다.

박사와 동료 학자들은
3주간의 실험 결과를 정리해서 다음과 같이 발표했다.
-감사하는 사람은 스트레스를 잘 받지 않는다.
-감사하는 사람은 자신이 행복하다고 느낀다.
-감사하는 사람은 활기차고 밝은 표정을 가진다.
-감사하는 사람은 타인에게도 행복한 기운을 전파한다.
-감사하는 사람은 병에 잘 걸리지 않고 건강하다.

같은 시대, 비슷한 일상을 살아가도
마음 자세와 태도에 따라서 전혀 다른 삶을 살게 된다.
그리고 그런 일상이 쌓여서
성격이 형성되고 인생이 완성되어 간다.

하루에 한 번쯤은
오늘 나에게 감사한 일이 무엇이었는지 돌아보자.

지금 즐겁고 행복하다면…

위대한 바이올리니스트를 꿈꾸는

한 소년이 있었다.

소년은 틈만 나면 바이올린을 연습했지만

좀체 실력이 늘지 않았다.

어느 날 소년은 바이올린 교습소를 찾아가서

자신의 실력을 평가해달라고 부탁했다.

교습소 선생님은 그에게

가장 자신 있는 곡을 연주해보라고 했다.

소년은 파가니니의 연습곡 중 3번을 연주했다.

그의 연주 실력은 형편없었지만

선생님은 끝까지 연주를 들어주었다.

그리고 소년에게 물었다.

"너는 왜 바이올린 연주를 좋아하니?"

소년은 기다렸다는 듯 당당하게 대답했다.
"파가니니처럼 성공한 바이올리니스트가 되고 싶어요."
"넌 바이올린을 연주할 때 즐겁고 행복하니?"
"네, 저는 바이올린을 연주할 때가 제일 좋아요."
그러자 선생님은 소년의 어깨를 토닥이며 말했다.
"바이올린을 연주할 때 즐겁고 행복하다면 된 거야.
파가니니처럼 되지 않아도 넌 이미 성공한 거란다."

소년은 위대한 바이올리니스트가 되지는 못했지만
평생 바이올린 연주를 즐기며 살았다.
그 시간이 즐겁고 행복했기 때문이다.
진정한 성공의 의미를 깨닫게 된 소년은
훗날 지구상에서 가장 위대한 과학자가 된다.
그의 이름은 알버트 아인슈타인이었다.

지금 행복하다면 이미 성공한 것이다.
성공이 인생의 수많은 목표 중의 하나라면
행복은 인생 최고의 목적이다.
목표를 위해 목적을 희생할 수는 없다.

'페르시아의 흠'

이란은 세계적인 카펫 생산국으로 유명하다.
2500년 전인 기원전 5세기부터 카펫을 생산해 왔고,
현재까지도 가장 질 좋은 카펫을 생산하는
세계 최대의 명품 카펫 생산국이다.

그런데 이란의 카펫 장인들은 명품 카펫을 만들면서
의도적으로 흠 하나를 남겨둔다고 한다.

그 이유는 두 가지다.
하나는 순수한 수제품 카펫임을 증명하기 위한 것이고,
다른 하나는 '세상에 완벽한 것은 없다.'고 믿는
그들만의 철학을 표현하기 위해서라고 한다.
세상 사람들은 이것을 '페르시아의 흠'이라고 부른다.

우리에게도 '페르시아의 흠'에 견줄만한 것이 있다.
바로 화강암으로 얼기설기 쌓은 제주도의 돌담이 그것이다.
제주도 돌담은 보기에는 엉성하게 쌓은 것처럼 보이지만
거대한 태풍이 몰아쳐도 쉽게 무너지지 않는다.
그 이유는 돌 틈 사이를 메우지 않고
미완성인 상태로 내버려 둔 때문이다.
돌 틈이 바람길이 되어 피해를 최소화해 주는 것이다.

아메리카 인디언은 구슬 목걸이를 만들 때
흠이 있는 구슬 하나를 일부러 끼워 넣는다고 한다.
신만이 완벽할 수 있으며,
인간 세상의 모든 것은 문제가 있다는 것을 나타내는
인디언의 지혜와 철학을 담은 의도적인 행위이다.

매사에 완벽을 추구하는 사람에게서는
인간미를 찾아보기 어렵다.
그래서 그런 사람 곁에는 사람이 모이지 않고
마음을 나누는 친구도 없다.
1급수에서는 물고기가 살 수 없는 이치와 같다.

믿는다는 건

극심한 가뭄이 온 나라를 휩쓸었다.

농작물이 타들어 가고,

온갖 동식물이 말라 죽고 굶어 죽어갔다.

모두가 하늘만 원망하고 탄식하고 있었다.

그때 한 농촌 마을에서는

주민들이 모두 모여서 기우제를 지내기로 뜻을 모았다.

기우제를 올리기로 한 날,

마을 사람들이 하나둘 모여들었다.

그중에는 불평불만을 쏟아내는 사람도 있었다.

"이까짓 기우제를 지낸다고 갑자기 비가 오겠어?"

그때 한 소녀가 나타났다.

한 어른이 소녀에게 물었다.

"너도 기우제에 참석하려고?"

"네, 저도 비를 내리게 해달라고 기도할 거에요."

그런데 소녀의 손에는 빨간 우산이 들려 있었다.

그 모습을 본 어른이 다시 물었다.

"애야, 해가 이렇게 쨍쨍한데 우산은 왜 들고 온 거냐?"

소녀는 환하게 웃어 보이며 이렇게 대답했다.

"오늘 기우제를 지내는 날이잖아요.

모두가 간절히 기도하면 반드시 비가 내릴 거니까

미리 우산을 준비한 거죠."

어린 소녀의 말에 어른들은 아무 말도 하지 못했다.

믿는다는 건,

지금 내가 행하는 일에

한 치의 의심도 하지 않는 것이다.

재상이 된 목동

백성들의 삶을 살피기 위해 암행을 나갔던 왕이
한 목동의 집에서 하룻밤을 묵게 되었다.
물론 자신의 신분은 밝히지 않았다.
목동은 손님이 불편하지 않도록 정성을 다했다.
그의 성실함과 따뜻한 마음에 감동한 왕은
그를 관리로 등용하고 가까이 두었다.

목동은 관리로 등용된 후에도 성실하게 업무를 수행했고
청빈한 삶을 유지하며 왕을 보필했다.
오랫동안 그를 지켜보던 왕은
마침내 그를 재상으로 임명했다.
그러자 다른 신하들이 그를 시기하기 시작했다.
한낱 목동 주제에 일인지하 만인지상의 자리인

재상 자리까지 오른 것을 탐탁지 않게 여긴 것이다.

신하들은 목동을 궁에서 쫓아낼 궁리에 골몰하며

그의 일거수일투족을 감시했다.

그러다가 한 달에 한 번 목동이 외출하는 것을 알게 되었고

몰래 그의 뒤를 밟았다.

목동은 외출할 때마다 자신이 살았던 옛집을 찾아갔고,

창고에 있는 커다란 항아리 뚜껑을 열어보고 돌아오곤 했다.

신하들은 청빈하다고 소문난 재상이

부정 축적한 재물을 항아리에 숨겨놓았을 것이라고 단정하고

그 사실을 왕에게 고변했다.

믿는 도끼에 발등을 찍혔다고 생각한 왕은

신하들과 함께 그곳을 찾아가서 항아리를 열어보게 했다.

그런데 항아리 속에서 뜻밖의 물건이 나왔다.

재상이 목동 시절에 사용했던 옷가지와 지팡이였다.

목동은 재상의 자리까지 올랐지만

자신이 목동이었던 시절의 마음을 잊지 않기 위해

한 달에 한 번 그 항아리를 열어 보았던 것이다.

초심을 잃지 않고 산다는 건,

세상의 유혹에 흔들리지 않고

정도를 지키며 사는 길이다.

제자를 기억하지 못하는 스승

한 청년이 길을 가다가
백발의 노인에게 반갑게 인사를 했다.
"선생님, 절 기억하시겠어요?"
하지만 노인은 청년을 알아보지 못했다.
그러자 청년은 어린 시절의 이야기를 들려주었다.
"저는 선생님의 제자였습니다.
어느 날 교실에서 시계 도난 사건이 발생하자
선생님은 반 학생들 모두 자리에서 일어나 눈을 감게 하고
소지품 검사를 하셨죠.
한참 만에 시계를 찾아냈고 학생들의 눈을 뜨게 한 후
시계를 주인에게 돌려주셨어요.
그런데 끝까지 범인이 저라는 건 말하지 않았습니다.
그 일로 저는 부끄러움이 무언지 알게 되었고

그날 이후 다시 태어났습니다.

덕분에 지금은 교수까지 될 수 있었고요.

이 모든 것이 선생님 덕분입니다."

그러자 노인은 고개를 끄덕이며 말했다.

"그래, 그 일은 아직 생생하게 기억하네.

하지만 자네 얼굴은 기억하지 못하겠네.

사실은 그때 나도 눈을 감고 있었거든."

'죄는 미워하되 사람은 미워하지 말라.'는 말이 있다.

머리로는 이해가 되지만 실천하기 쉽지 않은 일이다.

현명한 선생님은 눈을 감는 행위로

제자가 자신의 죄를 스스로 깨닫게 한 것이다.

피라니아 이야기

아마존강에 서식하는 피라니아는
1년이면 성숙하는데 그 길이가 30cm에 달한다.
'이빨이 있는 물고기'라는 뜻을 가진 피라니아는
강한 턱과 날카로운 이빨을 가진 육식성 물고기로,
강을 건너는 소나 양을 무리 지어 공격해서
뼈와 가죽만 남기고 먹어 치우는 것으로 악명이 높았다.

어느 날 학자들이
어린 피라니아를 수조에 넣고 특별한 실험을 했다.
수조 한쪽에 먹이를 주고 피라니아가 몰려들 때
수조의 한가운데를 투명한 유리판으로 막은 것이다.
먹이를 다 먹고 반대편으로 되돌아가려던 피라니아는
유리막에 부딪혀서 전진하지 못했고,

그때마다 충격으로 인한 고통을 맛보아야 했다.

그러다가 어느 순간

피라니아는 주어진 환경에 순응하고

더는 유리판 쪽으로 다가가지 않았다.

며칠 후, 투명 유리판을 아예 치워버렸어도

피라니아는 여전히 수조의 한쪽에서만 돌아다녔다.

수조에 한 번 갇히고,

또 한 번 유리판에 갇힌 피라니아는

경험이라는 고정관념에 한 번 더 자신을 가둔 것이다.

다람쥐 쳇바퀴 돌 듯 반복되는 일상에 갇혀 사는

우리 모습이 피라니아와 닮아있다.

행복한 노년을 맞이하는 비결

미네소타 대학의 연구진이

'수녀 연구'라 불리는 이색적인 실험을 시작했다.

밀워키 노트르담 수녀회에 속한 수녀 180명의

일기를 분석한 것이다.

연구진은 수녀들의 일기에서

긍정적인 표현과 부정적인 표현을 골라냈다.

연구진의 조사에 따르면

부정적 표현을 많이 쓴 수녀 중에서

85세 이상인 수녀는 34%였고,

긍정적인 표현을 많이 쓴 수녀 중에서

85세 이상은 무려 90%에 달했다.

10년 뒤 연구진은 다시 노트르담 수녀회를 찾아갔다.

그때까지 생존한 94세 이상의 수녀 중

긍정적인 표현을 썼던 수녀의 생존율은 54%인데 비해

부정적인 표현을 썼던 수녀의 생존율은 11%에 불과했다.

긍정적인 감정이나 부정적인 감정이

수명과 삶의 활력을 좌우한다는 확실한 증거였다.

장수하는 사람,

행복한 노년을 보내고 있는 사람의 공통점은

일상에서 긍정적인 사고를 하고

작은 일에도 감사하는 마음을 가졌다는 것이다.

'희망봉'이라 불리는 이유

남아프리카공화국 케이프주 남서쪽 끝의 암석 곶^串,
사람들은 그곳을 희망봉이라고 부른다.
왜 희망봉이라고 부르게 되었을까?

서유럽의 변방 국가인 포르투갈은
좁은 국토와 부족한 자원으로 인해 매우 가난했다.
주앙 1세는 대서양 탐사와 북아프리카 개척을
그 돌파구로 삼았다.
1487년 왕명을 받은 바르톨로뮤 디아스가
3척의 배를 이끌고 리스본항을 출발했다.
인도를 향한 신항로 개척이 목표였다.
5개월가량 남하하던 선단은 아프리카 남서부 해양에서
엄청난 폭풍을 만나면서 2주 넘게 표류하게 된다.

폭풍에 지치고 30일 넘게 육지에 발을 디디지 못한 선원들은
당장이라도 폭동을 일으킬 기세였다.
고민하던 디아스는 결국
뱃머리를 돌려 귀국길에 오르게 된다.
이때부터 디아스를 주저앉힌 그 지역을
'폭풍의 곶 Cabo das Tormentas'이라고 부르게 되었다.

그로부터 10년 후인 1497년,
바스코 다 가마가 이 곳을 통과하여
인도 항로 개척에 성공한다.
그것을 기념하여 포르투갈 왕 주앙 2세는
이 곳을 '희망봉 Cabo da Boa Esperança'으로 명명한다.

누군가에겐 걸림돌이었던 것이
다른 누군가에겐 희망으로 가는 디딤돌이 되기도 한다.

사람의 마음을 움직이는 것

이탈리아 한 영주의 저택에서

젊은 정원사가 꽃과 나무들을 손질하고 있었다.

며칠 동안 이어진 작업이 마무리되는 순간이었다.

영주도 정원으로 나와서 작업을 지켜보고 있었다.

그런데 여기서 끝이 아니었다.

새로운 연장을 꺼내 든 정원사가

길게 늘어선 나무 화분에 무언가를 조각하기 시작했다.

예쁜 꽃 모양이었다.

의뢰하지도 않은 일에 몰두하고 있는 정원사에게

영주가 물었다.

"화분에 꽃을 조각하는 건 계약에 없던 일이고

일당을 더 주는 것도 아닌데 뭘 그렇게 열심히 하는가?"

그 말에 정원사는 웃으며 대답했다.

"그냥 제가 좋아서 하는 일입니다.
저는 이곳 정원에서 자라는 나무와 꽃을 좋아합니다.
여기에 화분까지 예쁘게 꾸미면 얼마나 좋겠습니까?"
영주는 정원사의 말에 감동했다.

화분을 장식하는 정원사의 솜씨는 놀라웠다.
정원사로만 썩히기에는 아까운 재능이었다.
그날부로 영주는 정원사의 후원자가 되었고,
그 덕분에 정식으로 조각을 공부하게 된 정원사는
르네상스 시대의 최고 조각가이자 화가가 된다.
그가 바로 〈천지창조〉의 작가 미켈란젤로다.

진심과 열정은 숨기려 해도 숨겨지지 않는다.
사람의 마음을 움직이는 힘이 들어있기 때문이다.
진심과 열정은 굳이 말하지 않아도
그것을 알아채고 인정해 주는 사람이 있다.

어디로 가고 있는가?

"새로운 인생은 방향을 찾음으로써 시작한다."
사하라 사막 서쪽 '사하라 사막의 중심'이라 불리는
작은 마을에 서 있는 동상 아래에 적힌 글이다.

이 마을은 사막 여행자들이 즐겨 찾는 곳이다.
하지만 레빈이라는 청년이 이곳을 찾기 전까지는
세상과 단절된 오지 마을이었다.
이 마을 사람들은 모두 태어나서 죽을 때까지
한 번도 마을을 벗어나 보지도 못했다.
마을 사람들은 하나같이 말했다.
"어느 방향으로 가든 결국 원점으로 돌아왔어요."
마을 사람들의 말을 믿기 어려웠던 레빈은.
자신이 직접 사막 탈출을 시도해보기로 했다.

그는 북쪽으로 방향을 잡고 걸었고
사흘 만에 사막을 벗어날 수 있었다.

마을 사람들은 왜 매번 실패했던 것일까?
레빈은 그 이유를 알아내기 위해
마을 청년 한 명을 앞세우고 그 뒤를 따라가 보았다.
청년은 걷고 또 걸었지만 사막을 벗어나지 못하고
열흘 만에 다시 원점으로 돌아오고 말았다.
하지만 레빈은 그 실험을 통해서
마을 사람들이 사막을 벗어나지 못하는 이유를 찾아냈다.
그것은 바로 마을 사람 중 아무도
북극성의 존재를 모른다는 사실이었다.
레빈은 그 청년에게 북극성의 존재와 위치를 알려주고
다시 한번 사막 탈출을 시도했다.
청년은 사흘 만에 사막을 벗어나는 데 성공했다.

목표지점이 명확하지 않으면
방향을 잃고 제자리걸음만 되풀이하게 된다.

사소한 약속은 없다

미국 서부 개척 시대에
'윌리엄 펜'이라는 백인이 있었다.
펜은 인디언들에게도 인기가 많았다.
그는 인디언들에게 친절을 베풀었고
그들의 삶과 문화를 존중하려 애썼다.

어느 날,
인디언 친구들이 펜에게 특별한 제안을 했다.
"펜, 자네가 원하는 만큼 우리 땅을 가져도 좋네.
단, 해가 뜰 때 걸어서 해가 지기 전에 돌아와야 하네.
그때까지 자네가 밟고 지나간 땅을 모두 주겠네."
사실 인디언들은 농담 반 진담 반으로 건넨 말이었다.
하지만 펜은 그들의 말을 철석같이 믿고

다음날 해가 뜨자마자 걷기 시작해서
해가 떨어지기 직전에 제자리로 돌아왔다.
"자, 약속대로 해와 함께 출발해서
해지기 전에 돌아왔네.
이제부터 이 땅은 내 땅이네."
인디언들은 펜의 진지함에 크게 감동했다.
자신들이 장난스럽게 던진 말도
의심 없이 믿어준 펜의 진심이 느껴졌기 때문이다.
인디언들은 기꺼이 약속한 땅을 내주었다.
그 땅을 기반으로 윌리엄 펜은
펜실베이니아주의 창설자가 될 수 있었다.

세상에 하찮은 약속은 없다.
다만 하찮은 사람이 있을 뿐이다.

휘파람을 부는 골퍼

2003년,

세계 골프 명예의 전당에 헌액된 닉 프라이스.

닉 프라이스는 아프리카 짐바브웨 출신의 골퍼로,

경기 중에 게임이 잘 안 풀리면

늘 휘파람을 부는 것으로 유명하다.

골퍼들은 보통 게임이 잘 풀리지 않으면

괴성을 내지르거나 골프채를 내던지는 경우가 많은데,

닉 프라이스는 그때마다 즐거운 듯 휘파람을 불었다.

아버지의 가르침 때문이었다.

어렸을 때부터 그의 아버지는 이렇게 가르쳤다.

"애야, 어려운 순간이 닥칠 때마다

화를 내거나 불평불만을 내뱉지 말고

그때마다 휘파람을 불어라."

그래서일까?

닉 프라이스는 슬럼프가 없는 선수,

경기력에 큰 기복이 없는 선수로 알려져 있다.

살다 보면 누구나

어려운 순간을 맞게 되고 예기치 못한 슬럼프를 겪게 된다.

그 시기를 어떻게 극복할지는 각자의 선택에 달렸다.

살아가는 동안 힘든 일이 닥칠 때마다

휘파람을 불어보는 건 어떨까.

닉 프라이스처럼!

아이보리 비누의 탄생 비화

미국 오하이오 주 신시내티에
'프록터 갬블 비누회사'를 설립한 할레이 프록터 사장은
늘 감사하는 마음으로 살았다.
그는 신실한 신앙인으로 회사가 어려웠을 때도
두려워하거나 불평하지 않고 오히려 감사하며
철저히 십일조 생활을 한 사람이었다.

한번은 직원이 기계 작동 시간을 잘못 맞추는 바람에
엉뚱한 비누제품이 생산되는 사고가 발생했다.
그 일로 회사는 막대한 손실이 발생했다.
부서장은 담당 직원을 심하게 질책했고,
직원은 사태에 대한 책임을 지고 사표를 제출했다.
그러나 프록터 사장은 흥분하거나 노하지 않았고,

침착하게 문제를 수습하려고 애썼다.

그러다가 잘못 만들어진 비누에서 특이한 점을 발견했다.

잘못 만들어진 비누가 가벼워서 물에 뜬다는 점이었다.

프록터 사장의 머리에서 퍼뜩, 아이디어가 떠올랐다.

'비누가 물에 뜨면 목욕할 때 더 편리할 것 같은데?'

프록터 사장의 이런 엉뚱한 역발상으로

이 비누는 '아이보리'라는 상품으로 시장에 출시되었다.

아이보리 비누는 나오자마자 선풍적인 인기를 끌었다.

회사는 유명세를 탔고, 프록터 사장은 거부가 되었다.

아이보리 비누는 지금까지도 그 명성을 유지하고 있다.

어려움이 닥치고 절체절명의 순간에 직면했을 때

감사하는 마음으로 극복하기란 쉽지 않다.

그러나 그것을 극복했을 때

전혀 예상치 못한 놀라운 기적이 눈 앞에 펼쳐진다.

"감사하는 마음의 밭에는 절망의 씨가 자랄 수 없다."

<에쿠우스>, <아마데우스>를 쓴 영국의 극작가

피터 쉐퍼의 말이다.

아름다운 2등

'투르 드 프랑스'는 매년 7월 프랑스에서 개최되는
세계 최고 권위의 사이클 대회다.
보통 21일에서 24일 동안 펼쳐지는 이 대회는
총 4,000km를 달리는 대장정으로,
1개의 프롤로그와 20~21개의 구간으로 이루어진다.
선수들은 하루에 한 구간을 달리게 되고
구간별 총합 기록시간이 가장 짧은 선수가
최종 우승을 차지하게 된다.

1903년부터 시작된 이 대회에서
2003년 대회는 사이클 팬들은 물론이고
전 세계인에게 특별하고 감동적인 대회로 기억된다.

이 대회에 '사이클 레전드' 랜스 암스트롱도 참가했다.

2년간 고환암을 극복하고도

대회 5연패를 달성한 랜스 암스트롱은

이번 대회에서도 15구간까지 선두를 달리고 있었다.

그런데 16구간에서 예기치 못했던 사고가 발생했다.

선두를 달리고 있던 암스트롱이

구경 나온 어린이의 가방에 걸려서 넘어지고 만 것이다.

암스트롱에겐 절망적인 순간이었고,

그 뒤를 따르던 만년 2등 얀 울리히에게는

우승을 차지할 수 있는 절호의 기회였다.

그런데 그 순간 놀라운 광경이 펼쳐졌다.

울리히가 사이클을 멈추고 기다려 준 것이다.

잠시 후 암스트롱이 일어나 다시 페달을 밟기 시작하자

그제야 울리히도 레이스를 시작했다.

대회는 이변 없이 암스트롱의 우승으로 끝이 났다.

울리히는 이번 대회에서도 준우승이었다.

암스트롱이 넘어졌을 때 울리히가 기다리지 않고

레이스를 펼쳤다면 충분히 결과가 뒤집힐 수 있었다.

2003년 '투르 드 프랑스'를 이야기할 때

사람들은 '아름다운 2등' 얀 울리히를 떠올리게 되었다.

분노를 에너지로 바꾼 남자

애지중지하던 자전거를 도둑맞은 소년이 있었다.
열두 살 소년은 분노했고,
그길로 경찰서를 찾아가 신고를 했다.
그런데 담당 경찰관의 심드렁한 태도와 대답은
그를 더욱 분노에 기름을 끼얹었다.
"자전거를 찾고 싶으면 복싱을 배워서
훔쳐간 놈들을 흠씬 두들겨 패줘라."

소년은 그날부터 체육관에 등록하고
복싱을 시작했다.
6년 후 소년은 로마 올림픽에 출전했고
복싱 라이트 헤비급 금메달리스트가 된다.
금메달을 목에 걸고 찾아간 고향에서 그는

흑인이라는 이유로 레스토랑의 입장을 거부당한다.
참을 수 없는 분노가 치밀었지만
그는 더 유명한 사람이 되어야겠다고 마음먹었다.

그 후, 프로선수로 전향한 그는 19연승을 내달렸고,
스물두 살에 헤비급 세계 챔피언의 자리까지 오른다.
'나비처럼 날아서 벌처럼 쏜다.'는 명언을 남긴 남자,
그의 이름은 '무하마드 알리'다.
서른아홉에 난치병을 얻어서 은퇴한 후
그는 전쟁과 인종차별을 반대하는 사회운동에 참여했고,
흑인해방운동의 공로를 인정받아서
독일의 평화상을 수상하기도 했다.

분노를 조절하지 못하면
마음은 화마에 휩싸이고 금세 잿더미가 되고 만다.
분노를 긍정의 에너지로 바꿔보자.
무하마드 알리처럼!

세계 최고 상인의 비결

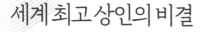

중국 저장성 원저우는
거주민 모두가 사장으로 불릴 만큼
뛰어난 상술과 사업수완을 가졌다고 한다.
원저우 상인들은 세계 각지에서 맹활약하며
'중국의 유대인'이라고 불리고 있다.

유대인 상인들도 인정하는
원저우 상인들의 성공비결은 무엇이었을까?
성공비결을 묻는 수많은 사람의 질문에
원저우 상인들은 입을 맞추기라도 한 듯
이구동성 한결같은 대답을 한다고 한다.

"유대인은 하루 8시간 일하지만

우리 원저우 상인은 하루 13시간 일합니다."

학문에도 장사에도
왕도가 따로 있는 게 아니다.
불광불급不狂不及이라고 했다.
미치지狂 않고서는 미칠及 수 없다.
이 단순 명쾌한 진리를 우리는 종종 잊고 산다.

마지막 과제

호젓한 산사에서
세 명의 제자를 가르치던 한 스승이 있었다.
네 번의 계절이 바뀌고, 하산을 앞둔 제자들에게
스승은 엽전을 한 닢씩 나눠주며
마지막 과제를 내주었다.
"이 엽전 한 닢으로 무엇이든 사서
이 방을 가득 채워 보아라."

엽전을 만지작거리며 며칠을 고민하던 제자들은
다 같이 마을로 내려가서 장터를 찾았다.
첫 번째 제자는 부피가 크고 가벼운 깃털을 사 왔다.
하지만 방을 가득 채우기에는 부족했다.
"고작 엽전 한 닢으로 이 방을 채울 순 없지."

두 번째 제자는 싸고 양이 많은 짚을 사 왔지만

그 역시 방을 채우기에는 역부족이었다.

"역시 불가능해. 이 방은 너무 크고 넓어."

세 번째 제자는 양초 한 자루만 사 들고 돌아왔다.

그 모습을 본 스승이 물었다.

"양초 하나로 이 방을 가득 채울 수 있겠느냐?"

제자는 자신 있게 대답했다.

"조금만 기다려 주시면 방을 가득 채워 보이겠습니다."

산사에 밤이 찾아들자 세 번째 제자는 양초에 불을 붙였다.

순간 어두웠던 방 안이 환한 불빛으로 가득해졌다.

스승은 제자의 머리를 쓰다듬으며 칭찬을 아끼지 않았다.

"장하다, 네가 해냈구나!

생각을 조금만 바꾸면 세상이 달리 보이는 법이다."

세상의 변화는 작은 발상의 전환으로부터 시작된다.

지금 가진 것이 작다고 투덜거리기 전에

먼저 지금 가진 것에 감사하라.

감사는 긍정의 생각을 낳고

긍정의 생각은 발전적인 변화를 불러온다.

욕심엔 끝이 없다

넓은 저택과 많은 하녀를 거느린 백작이 있었다.

어느 날 거실을 지나가던 백작의 귀에

부엌에서 일하는 한 하녀의 푸념 소리가 들려왔다.

"난 왜 이렇게 찢어지게 가난할까?

지금 나한테 5파운드만 있어도 행복할 텐데…."

백작은 자신에게는 하찮은 5파운드가

하녀에게는 행복을 좌우할 수 있는 큰돈임을 깨닫고

그녀를 행복하게 해줘야겠다고 생각했다.

백작은 하녀를 불러 5파운드를 건네며 말했다.

"네가 부엌에서 하는 소리를 들었다.

자, 5파운드다. 이 돈으로 네가 행복해졌으면 좋겠구나."

그런데 5파운드를 받아든 하녀는 좋아하기는커녕

오히려 짜증 섞인 표정으로 투덜거렸다.

"아유, 이런 바보 멍청이! 10파운드라고 말했어야지.

고작 5파운드라고 말해서 이것밖에 못 받았잖아."

불평불만이 많은 사람이 가지지 못한 건

감사하는 마음이다.

행복의 나무는 작은 감사를 먹으며 자란다.

틀린 소리를 하는 사람은?

네덜란드 리덴 대학에서는

매주 수요일 공개 토론회가 열렸다.

토론회는 일반인에게도 공개되었다.

대학 근처 거리에서 구두를 수선하는 한 노인이

매주 수요일만 되면 일을 접고

토론회장을 찾아다녔다.

재미있는 건, 토론회는 전부 라틴어로 진행됐고

노인은 라틴어를 한마디도 알아듣지 못한다는 사실이었다.

하루는 친구가 구두 수선공에게 물었다.

"자네는 라틴어도 모르면서 뭣 하러 매주 토론회장을 가는

거야?"

구두수선공 노인이 대답했다.

"알아듣지는 못해도 누가 틀린 소리를 하는지는 금방 안다네."

그 말에 친구는 더 궁금해하며 물었다.

"아니 알아듣지도 못하면서 그걸 어떻게 알아?"

노인은 빙긋 웃음을 지으며 대답했다.

"그건 간단해. 먼저 화내는 사람이 누군지를 보면 돼. 틀린 소리를 하는 사람이 먼저 화를 내게 돼 있거든."

우리 속담에도 그런 말이 있다.

"방귀 뀐 놈이 성낸다."

냄새가 퍼지면 곧 범인이 밝혀질 것을 알기에 미리 소란을 피우고 산란하게 만드는 것이다.

특별한 우승의 비결

개구리 마을에 높이 오르기 대회가 열렸다.
점프력에 자신 있는 많은 개구리가 대회에 참가했다.
지상에서 출발해서 30층이 넘는 석탑의 꼭대기까지
가장 빨리 올라가는 개구리가 우승을 차지하는 경주였다.

출전 선수들이 관중석 앞을 지나갈 때
여기저기서 수군거리는 소리가 들려왔다.
"와! 너무 높다. 이번에는 성공하기 어렵겠어."
"에휴, 성공은 고사하고 안 다치면 다행이지."
그 소리는 출전 선수들의 귀에 송곳처럼 박혔고,
가뜩이나 긴장하고 있던 개구리들에게
실패에 대한 불안감을 증폭시켰다.
경기를 시작하기도 전에 포기자가 나타났고,

끝까지 포기하지 않고 출전한 개구리들도
지나치게 긴장하고 불안감에 사로잡힌 나머지
제 기량을 펼치지 못하고 탈락하고 말았다.

유일하게 왕눈이 개구리 한 마리가
특유의 점프력으로 석탑의 정상에 오르는 데 성공했다.
경기장 안에 뜨거운 환호와 박수갈채가 쏟아졌고,
관중들이 우승한 개구리 주변으로 몰려들었다.
우승 트로피를 수여한 대회 관계자가
왕눈이 개구리에게 우승 소감과 비결을 물었다.
"축하합니다. 단숨에 정상까지 올라갔는데
자신만의 특별한 비결이라도 있습니까?"
왕눈이 개구리는 손을 들어 환호에 답할 뿐
질문에는 아무 대답도 하지 않았다.
왕눈이 개구리는 귀머거리였다.
그래서 관중들의 부정적인 소리를 듣지도 못했다.
그것이 왕눈이 개구리의 성공비결이었다.

목표에 대한 확신이 뚜렷하다면,
주변의 소리에 귀 기울일 필요 없다.
차라리 귀를 닫고 자신에게 집중하는 것이 최선이다.

몸에 밴 습관 하나

갓 창립한 은행에서 직원 채용 공고를 냈다.

채용 마지막 날, 한 여자가

업무 마감 직전에 은행에 들어섰다.

"직원 채용 공고를 보고 왔습니다."

여자의 말에 은행장이 정중하게 대답했다.

"어려운 걸음 하셨는데 죄송합니다.

조금 전 직원 채용이 마감됐습니다.

내년에 다시 한번 찾아주시기 바랍니다."

여자의 얼굴에는 실망한 기색이 역력했다.

힘없이 발길을 돌리던 여자는

은행 바닥에 떨어진 핀 하나를 발견했다.

그녀는 습관처럼 핀을 주워서 옷자락에 닦은 다음

탁자 위에 올려놓고 출입문 쪽으로 걸어나갔다.

문을 열고 나가려는 순간 등 뒤에서 은행장의 목소리가 들

렸다.

"잠시만요. 혹시 내일부터 출근해 주실 수 있나요?"

여자는 자신의 귀를 의심했다.

"네? 조금 전에 채용이 끝났다고 하지 않으셨나요?"

그러자 은행장이 환한 표정으로 대답했다.

"물론 채용은 이미 끝났습니다.

하지만 당신을 특별 채용하고 싶습니다.

작은 핀 하나를 소중히 여기는 그 마음으로

우리 은행에 근무해주시겠습니까?"

감격한 여자는 수차례 머리를 조아리며 인사를 했다.

"감사합니다. 정말 감사합니다."

행동 하나로 한 사람의 인생 전부를 재단할 수는 없지만,

몸에 밴 습관 하나가 그 사람의 많은 것을 이야기해 준다.

말 한마디가 행동을 만들고, 행동이 습관을 만들고,

그 습관이 쌓여 한 사람의 삶이 되고 인격이 되기 때문이다.

생각과 망상의 차이

몽상가, 화가, 시인, 환상을 그리는 사람 등
다양한 이름으로 불린 영국의 작가 윌리엄 블레이크.
어느 날 한 남자가 그를 찾아와 인생 상담을 했다.
"선생님, 위대한 예술가가 되려면 어떻게 해야 합니까?"
블레이크의 대답은 단 한마디였다.
"많이 생각하십시오."

그리고 한 달 뒤,
한 여자가 수심 가득한 얼굴로 그를 찾아왔다.
여자는 한 달 전 그를 찾아왔던 남자의 아내였다.
그녀가 애원하듯 말했다.
"남편이 선생님을 만난 뒤부터 아무 일도 하지 않고
종일 누워서 생각만 하고 있습니다.

어찌하면 좋겠습니까?"

블레이크는 여자를 앞세우고 남자의 집으로 향했다.

여전히 누워서 생각만 하고 있는 남자에게

블레이크는 이렇게 말했다.

"지난번 제가 깜빡 잊고 말하지 않은 게 있습니다.

행동하지 않은 생각은 아무짝에도 쓸모없는

휴지와 같습니다."

그 한마디에 남자는 자리에서 벌떡 일어났다.

행동으로 옮겨지지 않는 생각은

한낱 망상에 불과하다.

살아있는 생각은 실천하는 것이다.

마지막까지 살아남은 악어

혹독한 가뭄이 아프리카를 덮쳤다.

땅 위의 모든 식물이 말라 비틀어지고

악어들의 서식지인 늪지대도 서서히 말라붙었다.

배고픔과 목마름에 지쳐가던 악어들은

마침내 서로를 물어뜯고 잡아먹기 시작했다.

아비규환 속에서도 늪을 떠나는 악어는 한 마리도 없었다.

그때 덩치가 작은 악어 한 마리가

용감한 선언을 했다.

"나는 이곳을 떠날 거야.

분명 어딘가에 새로운 늪이 있을 거야."

다른 악어들은 하나같이 미친 짓이라고 핀잔을 주었다.

하지만 덩치가 작은 악어는 곧장 길을 떠났다.

가뭄은 계속되었고,

어느덧 늪지대는 황무지로 변하고 말았다.
그곳에 살아남은 악어는 단 한 마리도 없었다.

한편 늪지대를 떠났던 작은 악어는
험난한 여행 끝에 새로운 호수를 찾아냈고
그곳에 새로운 둥지를 틀었다.

끝까지 늪지대를 떠나지 못하고 죽은 악어들은
'냄비 속의 개구리'와 다를 게 없다.
끓는 물에 넣으면 화들짝 놀라 뛰어나오지만
미지근한 물에 넣고 서서히 온도를 높이면
냄비에서 나오지 못하고 죽고 마는 어리석은 개구리 말이다
익숙한 환경은 우리에게 편안함을 안겨주지만
편안한 일상 속에서는 '불감증'이라는 독초가 무럭무럭 자
라난다.

진정한 명의

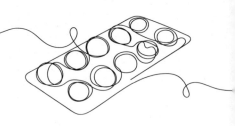

침대 공포증에 시달리는 남자가 있었다.

침대에 누우면 침대 밑에서 귀신이 튀어나올 것만 같아서

매일 불면의 밤을 지내고 있었다.

고민 끝에 남자는 의사를 찾아가서 상담을 받았다.

의사는 걱정하지 말라며 자신 있게 말했다.

"제가 바로 공포증 전문의입니다.

1년만 치료를 받으면 말끔히 나으실 겁니다."

"그럼, 치료비는 얼마나 할까요?"

의사가 대답했다.

"음, 이틀에 한 번씩 병원에서 치료를 받으시면 되고요.

치료비는 회당 10만 원입니다."

남자는 의사의 말에 잠시 머뭇거리더니

고민해보고 다시 오겠다며 병원을 빠져나갔다.

그날 이후 남자는 병원을 찾아가지 않았다.

6개월 뒤 남자는 길에서 우연히 의사와 마주쳤다.
의사가 먼저 아는 체를 하며 물었다.
"왜 병원에 안 오세요? 공포증은 좀 나아졌습니까?"
남자가 대답했다.
"단돈 만 원에 공포증이 말끔히 사라졌습니다.
덕분에 요즘 매일 밤 꿀잠을 잔답니다."
궁금해진 의사가 다시 물었다.
"만 원이라고요? 어느 병원에서 치료받으신 거죠?"
남자는 큰 목소리로 당당하게 말했다.
"앞집 사는 목수가 한 방에 고쳐줬습니다."
"목수가요? 어떻게요?"
"톱으로 침대 다리를 잘라버렸죠."

명의가 따로 있는 게 아니다.
병의 원인을 정확히 파악하고
그것을 제거하는 사람이 있다면 그가 바로 명의다.
문제를 잘 해결하려면 증상도 살펴야 하지만
그보다 먼저 정확한 원인을 찾아내야 한다.

호수 같은 마음으로

매사에 불평불만이 많은 청년이 있었다.

그의 스승은 제자의 태도에 변화가 없는 것을 알고

어느 날 제자에게 특별한 심부름을 시켰다.

소금을 구해오라는 것이었다.

스승은 제자가 소금을 구해오자

물이 든 컵에 소금을 집어넣고 그것을 마시게 했다.

제자는 소금물을 한 모금 들이켜고는

이내 얼굴을 찡그리며 뱉어냈다.

"맛이 어떠냐?"

"너무 짭니다."

"그래? 남은 소금을 들고 따라오너라."

스승은 제자를 데리고 근처 호수로 갔다.

그리고 남은 소금을 통째로 호수에 던지며 말했다.

"이번에는 이 호수의 물을 마셔 보아라."

제자는 손으로 호수의 물을 떠서 마셨다.

"이 물은 맛이 어떠냐?"

"이건 마실만 합니다."

제자의 대답에 스승이 다시 물었다.

"호숫물에서도 소금의 짠맛이 느껴지더냐?"

"아닙니다. 소금 맛은 전혀 느낄 수 없었습니다."

그러자 스승은 기다렸다는 이렇게 말했다.

"살면서 맛보는 고통은 이 소금 같은 것이다.

우리에게 주어지는 소금의 양과 크기는 똑같지만

그것을 담는 그릇에 따라 맛이 달라지는 것이다.

부디 호수처럼 넓은 마음을 가지도록 노력하거라."

그날 이후 제자의 입에서는 불평불만이 사라졌다.

우리 인생이

마음의 그릇을 키워가는 긴 여정이라면,

일상에서 겪는 고통은

마음의 크기를 가늠하는 리트머스 용지일 것이다.

세 가지 방문

성공한 사람들은 공통적으로

'세 가지 방문'을 잘하는 사람들이라고 한다.

'입의 방문', '손의 방문', '발의 방문'이 그것이다.

입의 방문은

부드러운 말로 주위 사람을 칭찬하고 용기를 주는 것,

손의 방문은

편지를 써서 사랑하는 마음을 전달하는 것,

발의 방문은

상대방이 힘들고 어려울 때 망설이지 않고 찾아가는 것이다.

카네기공대 졸업생들을 대상으로 한 추적 조사에서

재미있는 결과가 나왔다.

사회적으로 성공을 인정받고 있는 졸업생들은 한결같이

"성공하는 데 전문적인 지식이나 기술은
고작 15% 정도밖에 영향을 주지 않았고,
나머지 85%는 대부분 인간관계에 좌우된다."고 답했다.

세상살이에서 홀로 이루는 성공은 없다.
모두 타인과의 관계 속에서 만들어진 것들이다.

아무리 빨라도 늦은 것

치매가 시작된 아흔 살 노인이 있었다.

볕이 좋은 날 노인은 아들과 함께 툇마루에 앉아 있었다.

아들도 예순을 넘긴 나이였다.

그때 까마귀 한 마리가 날아와 돌담 위에 앉았다.

그것을 본 노인이 아들에게 물었다.

"저게 뭐지?"

"예, 까치가 날아왔네요."

그런데 3분도 지나지 않아서 노인이 다시 물었다.

"저게 뭐지?"

그러자 아들은 답답하다는 듯 퉁명스럽게 대답했다.

"까치라고요. 조금 전에 말씀드렸잖아요."

거기서 끝이 아니었다.

노인은 세 번, 네 번 계속해서 똑같은 질문을 해댔다.

그러자 아들은 버럭 소리를 질렀다.

"아버지, 왜 자꾸 똑같은 질문을 하세요.

제가 몇 번이나 까치라고 말씀드렸잖아요.

저건 까치라고요."

노인은 꾸중을 들은 아이처럼 시무룩해졌다.

몇 개월 후 노인은 세상을 등지고 말았다.

아들은 장례를 마치고

아버지의 유품을 정리하다가 낡은 일기장을 발견했다.

한참 동안 일기장을 뒤적여보던 아들은

뜨거운 눈물을 쏟고 말았다.

펼쳐진 일기장에는 이런 내용이 쓰여 있었다.

세 살 된 아들과 툇마루에 앉아 있는데

돌담에 까치 한 마리가 날아와 앉았다.

아들은 저게 뭐냐고 스무 번이 넘도록 묻고 또 물었다.

그때마다 나는 똑같은 대답을 들려주었다.

"응, 저건 까치야. 까치가 날아오면 좋은 일이 생긴단다."

어린 아들이 같은 걸 묻고 또 묻는 모습이

너무 사랑스럽고 그 순간이 행복하기만 했다.

'아들, 내게로 와줘서 고맙다. 사랑해!'

지나고 나면 마냥 애달픈 것이
부모님께 못다 한 효도다.
그리고 한번 지나가면
다시는 돌이킬 수 없는 것이 지금 이 순간이다.

감사예찬

글쓴이 곽동언
펴낸이 우지형

인쇄 하정문화사
제본 영글문화사
후가공 (주)금성엘엔에스
디자인 redkoplus

펴낸곳 나무한그루
주소 서울시 마포구 독막로10, 성지빌딩 713호
전화 (02)333-9028   **팩스** (02)333-9038
이메일 namuhanguru@empas.com
출판등록 제313-2004-000156호

ISBN 978-89-91824-67-6 02810
값 4,500원